박혜성 원장의

러브레터

박혜성 원장의 러브레터

초판발행 | 2021년 6월 24일
2판 발행 | 2021년 11월 24일
3판 인쇄 | 2022년 12월 07일
3판 발행 | 2022년 12월 12일

글쓴이 | 박혜성
펴낸이 | 장호병
펴낸곳 | 북랜드
　　　　06252 서울 강남구 강남대로 320, 황화빌딩 1108호
　　　　대표전화 (02)732-4574, (053)252-9114
　　　　팩시밀리 (02)734-4574, (053)252-9334
　　　　등록일 | 1999년 11월 11일
　　　　등록번호 | 제13-615호
　　　　홈페이지 | www.bookland.co.kr
　　　　이-메일 | bookland@hanmail.net

책임편집 | 김인옥
교　　　열 | 배성숙 전은경

ISBN 978-89-7787-025-3 03810
ISBN 978-89-7787-026-0 05810 (E-book)

값 10,000원

박혜성 원장의

러브레터

시와 사랑의 메시지

북랜드

사랑의 편지를 드립니다

1996년에 개원한 후 현재까지 26년 동안 산부인과 의사로서 한 우물만 팠다. 특히 여성 성의학에 대한 공부는 2003년부터 18년 동안 하고 있다. 그리고 성적인 고민이 있는 여성을 하루에 5~10명 정도 매일 진료하고 있다. 그 경험과 이야기를 『사랑의 기술』 1, 2, 3에서 글로 썼다.

2019년부터 시작한 유튜브 산부인과TV는 산부인과에 방문하면서 저자에게 하는 질문, 궁금해하는 내용을 담았다. 때론 외설스럽다고 생각되는 질문이나 어려운 질환 이야기를 학문적으로 재미있고 야하게 잘 풀어서 2020년 크리에이터 의료 부문 대상을 받기도 했다. 또한 2020년 구글에서 10만 구독자를 가진 유튜버에게 주는 실버버튼을 받기도 했다.

산부인과 의사로서 대한민국의 성문화를 밝고 건강하게 만들어서 널리 인간을 이롭게 하려는 홍익인간의 정신을 가지고 있다. 성에 대한 공부를 시작한 이후 여러 분야의 책을 읽고, 남녀에 대한 이해가 높아졌고, 이것을 많은 사람들과 공유하고 싶었다.

2권의 책 『오르가즘의 과학』, 『인간의 성』을 공동 번역하고 사단법인 행복한 성을 만들었으며, 팟캐스트 '고수들의 성 아카데미', 유튜브 '닥터성의학', '박혜성TV', '산부인과TV' 등 매주 3-4편의 유튜브 컨텐츠를 만들고 있고, 산부인과에 찾아오는 여성의 치료 후기를 통해서 여러 여성에게 도움이 되고자 매일 글을 쓰고 있다. 이런 맥락에서 이 책이 탄생했다. 앞으로도 계속 학문적 깊이와 의학적인 경험을 발전시키려고 한다.

최근 어머니가 치매에 걸리셔서 어머니를 모실 목적과 나의 두 자식이 미국에 있어서 노후에 나를 돌볼 사람이 없는데, 어머니와 나의 노후가 걱정이 되어서 '선암요양원'을 개원하게 되었다. 엄마를 모시는 마음으로 요양원에 입소한 어르신을 모실 생각이다.

이 책은 온몸이 부서져라 고생하면서 나를 포함하여 네 명의 자식을 대학까지 보내고 뒷바라지하신 어머니, 한 알의 밀알로 썩어서 여러 열매로 맺은 어머니, 지금은 치매로 요양원에 계신 어머니께 바치고 싶다. 항상 후회가 뒤서지만, 엄마가 건강할 때 더 맛있는 것을 못 사드리고, 좋은 곳에 더 많이 가보지 못한 것을 후회한다. 하지만 치매에 걸리신 어머니라도 내 곁에 오래도록 사시기를 기도한다.

어머니, 사랑합니다. 자식에 대한 어머니의 헌신을 절대로 잊지 않겠습니다.

2021년 6월
박 혜 성

차례

1

2

4 기쁨, 축하, 응원

1

엄마의 일생

비틀비틀 꾸불꾸불
우여곡절 파란만장
내 어머니 이렇게 살아오셨다

하루 내내 일만 하시다가
자식 생각만 하시다가
자신이 누군지 잊어버렸다.

지금 요양원에서
자신은 찾지 못해도
때때로 자식들은 알아보신다

엄마의 사랑법

나만 보면 하시는 말씀

치매에 걸렸어도 요양원에서도

만날 때마다 하시는 말씀

밥 먹었나?

듣기만 해도

눈물 나는 사랑입니다.

피해 갈 수 없는 길

기억력이 떨어지니 손에 든 핸드폰을 찾는다
소변을 봤는데 또 마렵고 남아있는 느낌이다

말도 느려지고 한 말 또 하기를 되풀이한다
어렸을 때 기억만 남고 오늘 기억은 가물가물
밥을 먹었는데 언제 먹었는지 기억이 안 난다

시력이 떨어지고 청력이 떨어져 잘 안 들린다
빨리 걷지 못하고 세상에 관심이 없어진다
미운 사람도 별로 없고 좋은 것도 잘 모른다

혼자 먹을 수 없고 먹여줘야 먹을 수 있으며
혼자 걸을 수 없어서 화장실을 갈 수도 없다
이러한 삶을 상상이나 할 수 있었을까?

자식들은 나이 든 어른을 짐으로 생각하거나
명절 때나 되어 성묘처럼 생각하고 찾아온다

누구도 피해 갈 수 없는 우리들의 길이다.

무서운 이름

예나 지금이나 참으로 무서운 이름입니다

예전엔 뉘 집에 누가 돌아가셨다 하면
거의 무슨 무슨 암으로 목숨을 잃었습니다

의학이 발달하고 세월이 흐른 지금은
가장 무서운 병은 치매라고 한답니다

자신의 기억을 잊어버리는 병이라니
제정신을 잃어버리면 어찌해야 합니까

우리가 함께 살아야 하는 무서운 병
정신 바짝 차리고 살아야 하겠습니다.

치매에 걸린 부모님

요양원에는 치매에 걸리신 어른이 많다

양동시장에서 생선을 팔던 할머니도 있고
쿠바 주재원이었다는 할아버지도 계신다

교사였던 할머니와 청소부였던 할머니
일곱 명이나 자식을 낳고 길렀는데도
홀로 외로이 살다가 요양원에 오신 할머니

한때는 정말 대단한 분들이 다 계시는 곳
사랑으로 자식을 키우고 가정을 지키시던
우리 부모님들이 과거는 다 잊고 오셨다

지금 먹는 음식과 옆에 있는 사람들만
무심한 듯 바라보며 아는 듯 모르는 듯
웃다가도 금방 자신이 누구인지도 모른다

더 늦기 전에 행복한 음식을 차려드리고
더 늦기 전에 사랑하는 맘을 전해야 한다.

요양원의 생활

늙고 병든 어르신들은 요양원에 입소하신다
너무 일을 많이 하셔서, 너무 운동을 안 해서
큰 사고 때문에 고혈압약을 너무 오래 먹어서
혈관이 막혀 갖가지 병으로 요양원에 오셨다

그들은 요양원에 온 친구들과 같이 밥을 먹고
같이 잠을 자고 수다를 떨고 같이 가엾어 한다

요양원은 감옥 같아서 가고 싶지 않아 하지만
오시는 분들은 가족의 짐을 덜고자 들어오신다

가족과 같이 사는 삶은 아니라 외롭기는 하지만
어르신들이 병들고 나이 들어서 지내는 곳이다
내 사랑하는 엄마가 계시는 요양원 그곳!
나 또한 늙고 병들면 언젠가는 가야 할 곳이다.

엄마의 희생

자식만을 위해서 희생하며 살았던 엄마
먹이고 입히고 학교 보내고 집 안을 치우고
하루도 빠짐없이 이 일을 성실히 해 냈다

아버지가 돌아가신 후 20-30년을
자식을 위해 하루 종일 노동을 하셨다.
결혼해서 아이를 낳고 기르기 전에는
엄마의 일이 너무나 당연하다고 생각했다

가족을 위해서 희생해 주는 엄마가 있어서
우리는 잘 컸고 경제적으로 자립을 하였다
집중해서 공부를 한 것도 엄마 덕분이고
건강한 것도 엄마가 차려준 음식 덕분이다

중요한 순간에 가장 중요한 것을 주신다
이제는 늙어 치매에 걸려 누워 계시지만
우리에게 모든 것을 아낌없이 다 주셨다

나도 나의 자식에게 아낌없이 줄 것이다

엄마의 삶을 바라보고 그렇게 따를 것이다.

엄마의 치매

여든셋 울 엄마 치매로 요양원에 계십니다
자식을 몰라보기도 하지만 간혹 웃습니다
머리카락을 다 잘랐지만 이쁘기만 하고요

밥을 못 드시나 코 줄로 넣어서 드시는데
자꾸만 빼 버리시니 목숨줄이 위태합니다
좋아하시던 음식을 드려도 관심이 없습니다

하루 내내 일하시며 우릴 키우셨던 엄마
자신마저 잊었으니 불쌍해서 어찌할까요
내 나중 모습이라 생각하니 눈물 납니다

엄마 닮은 내 취미는 혼자 TV를 보는 것
엄마는 내 과거이고 자식은 내 미래입니다

치매에 걸렸어도 오래 모셨으면 좋겠어요
어머니처럼 나도 두 손 모으고 기도합니다
엄마 닮은 나도 엄마를 사랑하며 살자고.

엄마 자랑

초등학교도 안 나오신 우리 엄마 조영임
늦게 결혼해서 낳은 첫딸이 혜성이다

공부 잘하는 딸을 자랑하며 귀하게 키웠다
엄마 사랑으로 반듯하고 자랑스럽게 자랐다
형제와 우애하고 효도하며 곱게곱게 자랐다

우리는 일하시는 엄마 모습만 보고 자랐다
양말을 꿰매든지 이불을 빨든지 일만 하셨다

우리를 먹여 살리기 위해 식당을 하시면서는
새벽에 일어나 장을 보고 아침에 김치 담그고
늦은 잠을 주무시고 새벽부터 일을 시작했다

엄마는 부지런하게 살면서 자식 넷을 키웠다
나에게 줄 것은 아낌없이 주었다고 생각한다
정직하고 성실한 엄마를 존경하며 닮고 싶다.

엄마의 외로움

자식 넷을 키우는 일은 위대한 일이다
엄마는 얼마나 힘들고 외로웠을까?

자식을 위해 하루 내내 일만 하셨다
새벽같이 일어나 밥하고 학교 보내고
시장에서 장을 보고 식당 손님을 맞고

늦은 밤에 돌아와서 밀린 일 정리하고
한마디 군소리도 없이 우릴 키워주셨다

앉아서 TV를 보시다가 그냥 주무셨고
자다 깨다 반복하며 새벽에 일어났으니
언제나 편안한 잠을 주무시지 못했다

쪽잠을 자면서 자식들을 위해 사셨다
잠을 잘 자야 치매에 안 걸린다던데
이제 요양원에 외로이 누워만 계신다.

엄마의 노래

엄마는 노래 부르기를 참 좋아하셨다
이미자의 '섬마을 선생님' 노래를 좋아했다
치매 초기에는 똑똑하게 노래를 부르셨다

해당화 피고 지는 섬마을에
철새 따라 찾아온 총각 선생님
19살 섬 색시가 순정을 바쳐
사랑한 그 이름은 총각 선생님
서울엘랑 가지를 마오 가지를 마오

노래를 통해서 엄마의 치매를 알아차렸다
다 잊어도 내 이름은 아직도 기억하신다
어떻게 엄마의 기억을 붙들어 매 놓을까?

엄마는 날마다 노래를 즐겨 부르신다
가사를 까먹지만 그래도 곧잘 부르신다
엄마가 노래를 완벽하게 부르면 좋겠다.

엄마의 기도

새벽이면 일어나 정화수 떠 놓고
늘 자식을 위해 기도하신 울 엄마

몸아 아파 학교에 갈 수 없을 때
초등학교 3학년이었던 날 업고서
병원도 가셨고 학교도 데려다주셨다

아버지가 돌아가신 후 30년 동안
엄마는 혼자 자식 넷을 키우시며
단 하루도 편히 쉰 적이 없으시다

내가 의사가 되고 병원을 개업해서도
엄마 닮은 딸 엄마처럼 열심히 산다

내 모든 것은 엄마의 기도 덕분이다.

조영임

아버지 박민구의 부인이며
내 사랑하는 엄마의 이름이다

자신의 이름을 진작에 잊고
누구의 부인이라는 이름으로
누구의 엄마라는 이름으로

이른 새벽에 일어나셔서
하루 내내 일만 하시다가

자식들 잘되기를 바라면서
정성으로 기도하며 사셨다

내 생애에 가장 큰 사랑
이 크나큰 은혜 한량없습니다

죽어서도 잊지 못할 어머니.

떠나시기 전에

모두의 축복을 받으며 태어난 우리는
언제쯤 어떻게 삶을 마무리해야 할까

청춘은 순식간에 지나고 노년에 접어들면
몸의 기능이 점점 떨어지기 시작하고
오줌 못 가리고 걷지 못할 때는 눈물이다

엄마에게 갑자기 찾아온 치매를 보면서
준비되었을 때 오는 병이 아니란 걸 안다

치매에 걸린 우리들의 부모님을
더 늦기 전에 더 많이 사랑하며 살아가자
후회하기 전에 부모님을 정성으로 모시자.

엄마, 나의 미래

볼 때마다 밥 먹었냐며 묻는 유일한 분이다
내가 밥 안 먹은 것을 귀신같이 알고 계셨다

요즘 세상에 밥 굶는 사람이 어디 있느냐며
세상에는 밥만 중요하냐며 이해하지 못했다

세월이 흐르고 내가 또 엄마가 되어서 보니
엄마의 말씀은 사랑한다는 표현인 줄 알았다

나도 아들에게 밥 먹었냐고 자주 묻는다
밥을 굶지 않고 먹었는지가 사실 제일 궁금타
나도 모르게 엄마를 꼭 빼닮아 가고 있는 딸
25년 후의 내 모습은 지금 엄마의 모습이다

엄마가 좋아하는 음식과 습관 말씀과 행동이
엄마는 나의 뿌리! 모두가 내게 입력되었다.

속마음

내 몸이라도 내 마음대로 움직일 수 없는
요양원의 하루는 슬프고 아프고 답답하다

요양 보호사가 날마다 당부하는 말씀

밥 잘 드시고 약도 때맞추어 드시고
주사 잘 맞고 열심히 기도하며 살다가
우리 나중에 천당 갑시다 하고 말하면

대장 같은 할머니 한 분이 대답한답니다

그래도 살아있는 이승이 더 좋다 카더라
왜 자꾸 천당 가자 하느냐며 묻는다네요.

눈 오는 밤

추운 겨울밤에
외롭고 쓸쓸한 밤에
어머니 고이 잠든 밤에

하늘로 떠나신 조상님
하얀 흰옷을 입으시고
살포시 내려오셨네

눈부신 선대 조상님들
치매 걸린 어머님 보시면
눈물 흘리고 가시겠네.

후회는 늦으리

요양보호사가 할아버지 할머니에게
열심히 기도하고 찬송하며 사시다가
천국에 가시기를 바라고 기도합니다

이렇게 말씀을 드렸더니
사랑하는 사람을 만나
손이라도 한 번 잡아보고 갔으면 좋겠다고

그 말씀은 사랑 한번 해 보고 갔으면
여한이 없겠다는 말씀이 아니겠어요?

손으로~ 입술로~ 마음으로~
혹은 온몸과 온 마음으로~
서로서로 소통하는 것이 아닐까요?

때늦은 후회는 하지 말아야겠지요.

2

입춘

봄이 오신다니
님도 오시겠지요

향기 품은 파릇한 냉이
봄을 일으켜 세웁니다

식어버린 내 사랑도
깨워 일으켜 주시겠지요.

가을

너는 어찌
그리도 높고 푸르냐

감나무엔 감 홍시가
꿀맛으로 익었구나

나는 무엇으로 익어
임의 입맛 돋우어 줄까.

할매

할매 혼자 뭐 하세요?

마당에 저 꽃 좀 봐라!
누굴 만나려고
저토록 곱게 차려입고
여기까지 왔을까?

옛날 생각나시나요?

내가 늙어도 여자니까
저처럼 고울 때가 있었지
꽃피던 그때를 생각하면
아직도 맘은 따뜻해지거든.

아름다운 꽃

향기 없는 꽃을 찾는 벌 나비는 없습니다
꿀이 없는 꽃을 찾는 벌 나비도 없습니다

초롱초롱한 눈동자에 촉촉한 그대 입술은
날아가던 길을 멈추게 하고 날 유혹했어요

아침 이슬을 머금은 꽃잎은 아름답습니다.

그러나 이미 말라 굳어버린 꽃잎으로는
비록 고운 색깔과 향기가 남아 있다 하여도
그 꽃으로는 벌 나비를 맞이할 수 없습니다

우린 메마른 감정으로도 사랑할 수 없지요
따뜻한 맘 달콤한 꿀 촉촉한 꽃으로 기다려요.

세포를 일으키다

누가 무엇으로
날 일으킬 수 있을까?

의사가 할 수 있는
일이 아닙니다

하나님입니까?
부처님입니까?
아니요 전혀 아닙니다

오직 한 사람

사랑하는 당신만이
내 잠자는 세포를
일으켜 세울 수 있습니다.

아껴야 사랑받는다

흔하게 가질 수 있는 것은 귀하지 않다
자신을 아껴서 귀하게 만들어야 한다
귀하고 맛있고 멋있는 것은 아껴야 한다

어느 날 갑자기 살짝 숨겨두어야 찾는다
아무 때나 가질 수 있는 것도 귀하지 않다

남편에게 가까이에 있지만 귀하신 몸
함께 살고 있어도 함부로 할 수 없는 몸
오히려 남편이 부인을 숨겨두려 해야 한다

귀하고 신비롭고 멋있고 맛있는 부인으로
때로는 자신을 은밀하게 숨겨두어야 한다

멋진 날

남편이 정말
멋져 보일 때가 있었지요

나중에 알았지만
나도 모르게
친정엄마를 찾아뵙고
용돈을 주고 왔더군요

얼마나 멋지던지요
그날 저녁 내내
나는 아양을 떨었지요

캄캄한 밤에도
내 마음에는
별이 총총했어요.

사랑받는 아내가 되었어요

사랑이 아니라 원수 같은 남편 때문에
말로만 듣던 질 레이저 저도 시술했어요

참으로 놀랍고 신기한 의술醫術입니다
메마른 마음까지 촉촉해지더라고요
몰랐으면 나 어쩔 뻔했을까 하고 생각했어요

멀어졌던 남편이 날마다 옆자리에서 하는 말
죽었던 세포가 다시 살아난다 하더라고요
저도 그냥 뜨거워지고 거짓말처럼 좋았어요

제가 미쳤나 봐요? 자지러질 듯 좋아했어요
무서워 말고 망설이지 말고 어서 해 보세요.

부부는 서로의 선물

솔직히 아파서 너무나 싫었어요
남편은 막무가내 덤벼들고요
30년을 몸 바쳐 서비스했잖아요
나 이제 어쩌면 좋을까요?

남편이 일주일에 한 번 원하는데도
난 그것이 정말 죽도록 싫었어요

입이 잔뜩 부어서 왔던 그녀는
왜 그렇게 이기적인지 모르겠어요?
이렇게 아픈데 꼭 해야 되나요?

남편과 아내는 서로에게 선물이다
남편을 이해하고 원하는 것 먼저 주고
본인이 원하는 것을 얘기해 보세요

질 레이저 시술! 정말 멋져요
놀라운 효과를 체감한 모양이다
얼굴에 빨간 꽃봉오리가 보인다.

집 나간 서방님이 돌아왔어요

아파서 이혼까지 했었는데
이런 처방이 있는 줄은 정말 몰랐어요

갱년기라 믿었고
이제 때가 다 되었나 보다 실망했어요

굳어버린 꽃밭에 레이저 시술을 하고는
집 나간 서방님이 돌아와서 웃습니다

멀티오르가즘으로 꽃피우는 환한 웃음

꽃잎 시들어도 향기 그윽하고
꿀맛 사랑으로 다시 가꾼 비밀의 정원.

모양만으로는 부족한 꽃

40세의 그녀는 아직 미혼이었다
그동안 3명의 남자를 만났지만
한 번 자고 나면 남자들이 가버렸단다

정말, 한 번 자고 나서 다 갔어요?
결혼하자고 하더니 자고 나면 헤어지자고 해요

남자들이 뭐라고 얘기를 해요?
재미가 없고 맛이 없대요

제가 뭘 도와 드릴까요?
결혼을 하고 싶은데,
소 잃고 외양간 고치고 싶지 않아요

그래 맞아요! 이제는 남자들이 찾는 꽃은
모양과 크기와 색깔과 향기만으로는 부족해요
먼저 달콤한 꿀을 만들어야 할 것입니다.

머뭇거리지 말아요

불후의 명작 〈사랑방 손님과 어머니〉에
"아자씨! 우리 엄마 좋아하우?"라는
멋진 대사가 나온다

그래서, 그 여자도 물어보았다 하네요
"선상님! 정말 날 좋아하시나요?"

그런데 그 남자 정말 빠르다 하네요
사랑은 머뭇거리지 말고 하는 거래요.

골든타임

행복해지려면 솔직해야 돼요
정직하라는 게 아니야
느낌 그대로 말할 줄 알아야 해요
좋아요! 그래! 또 해줘! 그렇게!
이런 말 편하게 할 줄 알아야 돼요

왜 실패했는지 알아요?
순진해서 그랬다고? 변명하지 마세요
어설퍼서 깨진 거야!

느낌이 이끄는 대로 하세요
주저하는 순간 골든타임이 지납니다
다시 시작해 보세요.

백발백중 성공할 겁니다.

등산

여러분도 산을 올라 보셨지요?
체력에 맞추어 올라가셔야 합니다

뛰어오를 수 있는 산은 없어요
한 걸음 한 걸음 천천히 안전하게
서둘지 마시고 구경하며 오르세요

대개 마음 급한 사람들은
모두 중간쯤 오르다가 내려오지요
혼자 오르려면 맘대로 하세요

둘이 오르려면 손 꼬옥 잡으시고
천천히 노래하며 즐겁게 오르세요

가장 높은 정상에 올라서야
야호! 하고 기쁨의 만세를 부릅니다.

정상으로 가는 길

아득해 보이던 정상으로 오르는 길
마지막 깔딱 고개를 넘어서면
듬직한 바위 하나 만납니다.

와! 이제 거의 다 왔구나 싶어
두 팔 벌려 힘껏 안아봅니다

터질 듯 두근거리는 심장의 박동 소리
포구에 부딪쳤다가 다시 일어서는 파도
소낙비는 놋날같이 쏟아집니다

눈 감고도 여기가 정상인 줄 알았지요
급하게 서두르면 숨이 차오르고
결국은 중도에서 포기하게 됩니다

혹 못 가보신 분이 있으시다면
천천히 구경하시면서 올라야 합니다.

같이 즐거워야

무엇이라고요?

누구는 잠을 자는데
혼자만 즐거워했다고요?

그 사람 바보가 아니면
뻥까는 소리지요

손잡는 것 가슴에 품는 것
즐겁고 행복한 것
모두가 다
혼자만 할 수 없는 것이구만요

그게 무슨 재미가 있겠어요
안 그래요?

52세 처녀

왜 이렇게 늦게 왔어요?
한 번도 써먹어 보지도 못한 그녀의 궁전
52년을 지켜왔단다

폐경되었나요?
아직 생리해요

아직도 처녀막이 파열되지 않은 처녀의 성
진찰을 하려면 처녀막이 파열될 것 같은데,
괜찮겠냐고 물었더니 그래도 괜찮다고 허락했다

암이 아니라는 말에 안심하는 것 같았지만
불안한 마음이 얼굴에 드러난다

이렇게 순박한 처녀가 결혼을 못 했다니
여우꼬리 같은 사랑의 기술을 알려주었다

신랑감이 줄을 서서 기다린다는 전화가 왔다
이제 그녀와 마주 앉아 빨간 술 한잔해야겠다.

오늘 또 할 말

꼭 다시 온다 했지요
떠날 때마다 하는 말
약속이나 하지 말지
고갯길 넘어갈 때마다
사랑한다고
날이 새도록
사랑한다고
상한 마음 달래줄
보험이라도 들었나요
그리도 냉정한지
꼭 다시 온다는 말
떠날 때마다 해준 말
오늘 또 할 말.

운동은 즐겁게

카터 대통령이 태평양을 건너와
보란 듯이 한 짓이 조깅! 맞지요?

MB가 4대강 수자원 관리한다고
댐을 만들었는데, 자전거길이 생겼지요?

조깅을 즐기나 자전거 타기를 즐기나
나이를 먹을수록 꼭 필요한 운동은 맞는데
꼭, 남들 보는 데서 하란 법 없잖아요?

조용한 분위기에서 멋진 사랑을 해 보세요
건강을 위하여 무리하지 마시고
천천히! 숨 가쁘지 않게! 나이에 맞게!

조깅보다 자전거 타기보다
훨씬 즐거운 운동이지요.

부부관계

부부생활에 불만이 많은 어느 남자가
싱거운 비뇨기과 의사에게 질문을 합니다

적당한 부부관계는 어느 정도가 좋을까요?
잠시 멈칫 생각하던 의사가 말했다

"1주일에 두 번이 적당합니다."
"예? 그걸 어떻게 아세요?"

"화목하라 했으니까, '화-목'에 하시오."

"'화-목'에 못 하면, 어떻게 해요?"
"아! 그럼, 할 수 있을 때 하세요."

벚꽃놀이

벚꽃잎이 휘날려요
상큼한 향기 코끝을 적셔요

그대 음성 묵직하게 들려요
치마폭 가득 꽃잎 떨어질 때

속옷 사이로 끼어드는 꽃잎
지금 우리 꽃놀이해요 네!

마음으로 하세요

백세시대 60은 청년이요 70은 장년이다
70대 신랑이 그게 안 되어 미치겠다는 할매
나이는 일흔셋 멋쟁이 부인의 말씀이다

하고 싶은데 그게 잘 안 되니 살맛이 없단다
자신은 아직 뜨거운데 영감이 식어버렸단다

사랑을 꼭 몸으로 하셔야 하나요 하고 물었다
사랑은 몸보다 먼저 마음으로 뇌로 하는 것이다

보기만 해도 손만 살짝 잡아도 기분 좋은 사랑
그러한 사랑은 아직 맛도 못 본 멋쟁이 할매에게

젊은이들이 하는 최신 기술은 묘약이 될 것이다.

구맹주산狗猛酒酸

무서운 아내가 떡 버티고 있는 집

사나운 개처럼
집 잘 지키고 살림 잘하는 아내
아파트가 열 채면 뭘 해
돈 좀 많아지면 뭘 해

아무리 술 잘 만들어 봤자
그 집 술 식초 된다

곶감 된 아내
안타깝다.

구속하지 마세요

사랑해서 결혼했다면서요
왜, 헤어지자고 했어요

산 날이 아까워서 어째요
다시 길들이기는 어려워요
그냥 산다고 말하세요

다른 사람 만나도
마음 맞추기는 참 어려워요

이제 와서 또 호적 옮기는
그 짓을 또 하자는 말인가요

외박은 한순간 바람이라 했어요
구속이 아니라 자유를 주는 것
그게 사랑의 제1 법칙이라네요

그냥 사랑한다고 하세요.

이쁜이 시술

180일만 참고 살자
예뻐 보이게 만든다는데
마늘과 쑥만 먹고 살래도 참을 판이다

맛의 표준화로
전 세계를 평정한 햄버거처럼
대한민국 의사 수술 실력은 대단하다
이쁜이 수술은 흔하지만 아주 중요한 수술이다
여자를 가꾸는 데 이 이상은 없다

진정 여자의 아름다움을 알고 싶다면
여자가 정말로 예뻐진다는데, 남자는
보채지 말고 180일만 참자

나무의 속이 궁금하면
허리를 베어 보면 되지만
사랑하는 여자 허리를 벨 수는 없는 일
이쁜이 수술, 누군가 그 이름 기가 막히게 지었다.

무엇이 즐겁습니까

몸이 즐겁습니까?
마음이 즐겁습니까?

몸은 뻘뻘 땀을 흘리지만
즐거움은 바로 마음입니다

즐겁고 행복하게 해주는 것
서로가 서로를 사랑하는 것

바로 당신과 나의 마음입니다.

당신이 주인입니다

비가 온 뒤 오늘 아침에
고운 꽃이 피어났어요

그대는 내 마음속에
나는 그대 마음속에

생각만 해도 짜릿하네요!

우리는 모두가 내 것이 아니라
오직 사랑하는 그대의 것이지요.

그대 곁에 있습니다

세상에 모든 꽃은 아름답습니다
나이 먹을수록 더 고와 보이지요
이 꽃 저 꽃 찾아다니지 마세요

작은 풀꽃도 멋진 그대가 품으면
더 멋지고 향기로운 꽃이 됩니다

봄에는 봄꽃 가을에는 가을꽃이
참한 당신에겐 고운 꽃이 됩니다.

사랑은 때가 없습니다

아침에 세수했다고 저녁엔 안 하나요?
사랑한다고 한 번 말했는데
또 말해야 하나요 하고 되묻는 사람
그 사람 바보 아닌가요?

사랑하며 살아야 행복하잖아요.
사랑하는데 무슨 조건이 있어야 하나요
언제나 관심을 가지고 표현해야 하고
준비해야 하고 자연스러워야 하잖아요.

계산하지 말고 망설이지 말고
내가 먼저 사랑해야 행복하다는
이 단순한 사랑의 몸짓은
주저앉아있는 세포를 일으켜 줄 것입니다.

날 사로잡는 그대

순결의 꽃봉오리는
그 자체가 유혹입니다

활짝 핀 그대는
언제나 주인공입니다

환희의 기쁨으로
은은한 향기를 풍기는
그 꽃이 바로 그대입니다

그대는
늘 나를 사로잡습니다.

아름다워 보일 때

여자가 아름다워 보일 때가
혹시 언제인지 아시나요?
화장했을 때라고요?
목욕했을 때라고요?
드레스 입었을 때라고요?
정답은 눈독을 들일 때라고 하네요

눈독이 뭐예요?
관심, 끌림, 호기심, 충동,
뭐 그런 것 아니겠어요

영롱한 물방울처럼 신비로워야 하고
웃음 속에 아늑한 평화가 있어야 하고
당신만의 뜨거운 숨결이 있어야
그 신비로움에 목숨을 던질 게 아니겠어요?

빛나고 향기로운 보석은 신비롭게 숨겨두세요.

3

칼럼

좌절과 의기소침

나는 그냥 열심히 살아간다. 평생을 그렇게 살아가고 있다. 그리고 나의 일상이 'up and down'이 그렇게 많지 않다. 하지만 그럼에도 불구하고 내가 좌절의 공간에 있는 경우가 많다.

조금만 잘해도 우쭐해지지만 예견하지 못한 일이 있으면 금방 좌절하고 의기소침해지고 사람들이 싫어지고 격하게 아무것도 하고 싶지가 않다. 그리고 내가 해 놓았던 모든 일이 다 헛된 것 같은 생각이 든다.

내가 잘못 살았나 보다. 나의 의도는 선했고 사람들에게 선한 영향력을 미치고, 널리 사람을 이롭게 하려고 했는데도 나를 곱지 않게 보는 사람도 있나 보다.

멀리서 진료를 오는 사람들은 나에게 '노벨평화상'을

주고 싶다는 칭찬을 하고, 엄청나게 고마움을 표현하고 나와 악수하면서 감격해하는데 다른 편에서는 나의 행동이 곱게 보이지 않은가 보다.

나는 산부인과 의사로서, 의학박사로서, 나의 달란트와 나의 노동력을 사랑받지 못하는 여성, 그리고 사랑받지 못하는 남성에게 기여하는 데 쓰려고 한다.

가정이 깨지지 않도록, 남녀의 대화가 통하도록, 그리고 남녀의 사랑이 전달되는 방법을 가르치고자 했다. 그런데 그 전달하는 방식을 곱게 보지 않는 사람이 있다는 것을 알았다.

내가 왜, 굳이 성교육을 하려고 할까? 그냥 평범하게 살고, 튀지 않게 살고, 남들이 하는 만큼만 하면 되는데,

왜 굳이 시간을 쪼개서 공부하고, 유튜브 올리고, 글을 쓸까?

갑자기 모든 것이 허무하고 사람들이 싫은 날은 어디 조용한 곳에 가서 쉬고 싶다. 아니면 그냥 잠을 자야겠다. 갑자기 세상이 싫고, 사람들이 싫고 일이 허무하다.

인간사 별것 아닌데 나를 괴롭히겠다고 하는 사람은 더더욱 우습다.

나이는 숫자에 불과하다

69세 여성이 질 건조증과 성교통으로 찾아왔다. 그녀는 평생 일만 하면서 살았다고 한다.

그녀의 남편은 1주일에 3번 성관계를 해야 하고 그가 가는 모든 곳에 데리고 다녔다. 그녀의 남편은 성욕이 강하고 그녀는 그녀의 남편을 최고의 남자라고 생각한다. 하지만 그녀는 성욕이 없고 성교통 때문에 섹스가 싫었고, 오르가슴을 못 느꼈다.

질 레이저 시술을 1번 하고 두 번째 하러 왔을 때 남성호르몬 주사를 놔 주고, 세 번째 왔을 때 살이 덜 찌는 갱년기 여성호르몬제 안젤릭을 처방해 주었다. 그렇게 세 번째 질 레이저 시술을 한 후부터 질은 부드러워지고 건조증이 좋아졌다.

　질 건조증이 많이 좋아지니까 그녀의 남편이 너무 좋다
고 얘기했다. 질 레이저 시술 전에는 젤을 바르고 성관계
를 하다가 중간에 질이 말라버려서 젤을 다시 발라야 했
는데 질 레이저 시술 후에는 처음에만 바르고 중간에 질
이 말라서 젤을 발라야 하는 일은 없어졌고 그녀는 그것
만으로도 만족했다. 성관계 중간에 질이 건조해서 음경
을 빼고 젤을 바르고 다시 삽입해야 하는 것은 그녀에게
는 '수치심'으로 느껴졌다.

　그녀의 남편은 구강성교를 하고 싶었지만 그녀는 구강
성교를 싫어했고 그저 빨리 성관계가 끝나기를 기다렸다.
그래서 그녀의 남편은 그녀와 같이 산부인과에 가자고
해서 온 것이다.

그녀가 질 레이저를 4번째 하고 다섯 번째 왔을 때 이제는 질 건조증도 좋아지고 성욕도 생겼다고 했다.

"질 레이저나 갱년기 여성호르몬제 같은 것이 있는 줄도 모르고 포기하고 살았어요. 그런데 남편이 포기를 안하는 거예요. 남편이 엄청 부끄러움을 타는데도 성관계를 하고 싶으니까, 어디서 젤을 사 왔어요. 그런데 써 보니 미끄러워서 쓰기 싫고, 그래서 여기저기 찾다가 찾아왔는데, 지금은 노력하기를 잘했다는 생각이 들어요. 질 건조증과 성교통을 해결하기 위해서 멀리서 찾아오는 것도 용기가 필요해요. 다른 사람들도 용기를 냈으면 좋겠어요."

그녀는 69세의 나이에도 아직까지 사업을 하고 있고 평생 일을 하고 있다. 그녀의 남편은 4살 연하인데 중매로 만났고 남편과 항상 같이 산부인과에 찾아왔다. 두 사람은 육체적으로, 정신적으로, 그리고 관계적으로도 건강했다. 참 보기 좋았다. 노력해서 건강한지 건강해서 노력하는지 모르지만 젊어 보이고 건강해 보였다.

최근 94세 의사 '한완주' 선생님이 돌아가셨다. 그녀는

돌아가시기 1주일 전까지 진료를 했다고 한다. 많은 의사와 환자, 간호사들의 정신적 지주였다.

94세까지 흰 머리카락을 가리기 위한 검은 모자에 흰 가운 청진기를 목에 걸고 있었고 항상 얇게 바른 립스틱과 눈썹 화장을 하고 있었다.

"나이는 숫자에 불과하다."고 얘기하면서 씩씩하게 사셨다.

그녀가 돌아가시면서 하신 말이 이런 말을 남기셨다. "가을이다. 힘내라, 사랑해."

우리 모두 그렇게 살았으면 좋겠다. 여러분, 다들 힘내시고, 서로 사랑하면서 건강하게 사세요!

여자가 사나우면 남자가 멀어진다

중국 '고사성어'에 구맹주산狗猛酒酸이라는 말이 있다.
'개가 사나우면 술이 시어진다'라는 말이다.
송나라 사람 중에 술을 파는 자가 있었다.

그는 술을 만드는 재주가 뛰어났다.
그 술을 먹은 사람은 모두 맛있다고 칭찬을 했다.

모든 마을 어른들이 이 술을 만들어서 팔아보는 것이
어떻겠냐고 권해서 술을 만들어서 팔기로 했다. 그는 손
님들에게도 공손히 대접했으며 항상 양을 속이지 않고
정직하게 팔았다.

그런데 막상 가게를 열고 보니 다른 집보다 술이 잘 팔
리지 않아서 술이 쉬어서 버리게 생겼다. 그 이유를 몰라
서 걱정하던 그는 마을 어른에게 물어 보기로 했다. 그랬
더니 마을 어른 양천이 물었다.

"자네 집 개가 사나운가?"

"어떻게 아셨습니까?"

"그런데 개가 사나운 것과 술이 안 팔리는 것은 무슨 상관관계가 있습니까?"

"주로 술심부름을 어린아이들이 하지 않나. 어느 날 어린 자식을 시켜 호리병에 술을 받아 오라고 했는데 자네 개가 덤벼들어 그 아이를 물었다네. 어린아이들은 자네 개가 사나워서 자네 집에서 술을 사지 않고, 다른 집에서 술을 사는 것이라네. 술이 맛이 있어도 술을 마시는 사람과 술을 사러 가는 사람이 다르지 않은가? 그래서 술이 안 팔리고 만들어 놓은 술의 맛은 점점 시큼해지는 거라네!"

마을 어른의 이야기를 듣고서야, 그는 술이 팔리지 않고 시는 이유를 알게 되었다.

이것을 남녀관계에 대비해 보겠다. 예쁘고, 똑똑하고 현명해도, 여자가 사나우면 주위에 남자가 없다. 만약에 어찌어찌해서 남자를 사귀거나 결혼했다고 해도, 여자가 사나우면 남자가 그녀에게 가까이 가지 못한다. 물리적으로, 육체적으로 가까이 간다고 해도, 마음은 멀어진다. 어떻게 해서 친해졌어도 그녀에게 발기가 안 된다. 왜냐하면 남자에게 사나운 여자는 아이에게 있어서 사나운 개와 같다.

개가 사나운 것은 아이를 위협하는 것이 아니라, 아이를 두려워하기 때문이다.

여자가 사나운 것 또한 남편을 사랑하지 않는 것이 아

니라, 열등감 때문에 남편에게 지나치게 방어하기 때문이다. 만약에 그녀가 사나움이 아닌 부드러움으로 사랑을 표현하거나, 혹은 남자가 여자의 사나움으로 무장한 열등감을 뚫고 들어가면, 그녀의 부드러운 속살을 느낄 수 있다.

반대의 경우도 마찬가지다.

사납게 행동하는 남자도 속으로는 매우 외롭다. 다만 사랑하는 방법을 모르기 때문에 사나움으로 자신을 방어하고 있는 것이다. 늙어서 자기 주위에 부인도 없고, 자식도 없고, 친구도 없어도, 그는 어떻게 사랑을 사랑해야 할지 모른다.

사나운 개는 술을 시게 만들 듯이, 사나운 사람 주위에는 사람을 없게 만든다.

원인을 밖에서 찾지 말고, 내 안에서 찾자. 다른 사람에게 부드럽게 얘기하고, 생각도, 행동도 관대하게 하자. 그럼 사업에서도, 인간관계에서도, 사랑에서도 성공할 수 있다.

마중물

어떤 여성이 최근에 재혼을 앞두고 산부인과에 찾아왔다. 그녀의 첫 번째 결혼은 별로 행복하지 않았고, 남편과 결혼 후부터 15년간 섹스리스였다.

사회적으로 성공한 그녀는 남들에게는 잘 사는 척했다. 하지만 두 사람은 서로의 다름을 인정하지 않고, 노력하려는 의지가 없어서 결국 이혼을 선택했고 그러다가 그녀가 유학 시절의 첫사랑을 우연히 만나게 되었고 그리고 두 사람은 뒤늦게 사랑에 빠졌다.

그녀는 사랑을 이루기 위한 마중물로서 첫날밤을 준비했다. 하지만 그녀가 생각한 에로틱하고 멋진 첫날밤이 아니었다.
아파서 성관계도 불가능했고, 15번 정도 피스톤 운동을 하다가 끝났는데, 그녀는 아무 느낌도 없었고 그리고

성관계를 끝까지 할 수가 없어서 중간에 끝을 내야 했다.

　그녀는 이론과 실제가 달라서, 깜짝 놀랐다. 책에서 읽은 사랑과 드라마에서 본 사랑은 현실과 많이 달랐다. 아름답고 달콤할 것이라고 생각했던 사랑과 사랑하는 사람과 하는 섹스는 전혀 다르고 갱년기의 그녀의 질은 아프기만 했다.

　그렇다면 일을 잘하는 것과 사랑을 잘하는 것은 공존할 수 없을까? 나는 그녀에게 몇 가지 레슨을 했다.

1. 성관계를 잘하려고 하지 말고, 즐기세요.

　공부든 운동이든 노래든 잘하려고 하면 몸에 힘이 들어가고 의도나 목적이 생깁니다. 하지만 즐기려고 하면 다른 사람의 평가가 중요하지 않고 나의 만족이 중요해집니다. 그리고 즐기다 보면 결국 더 잘하게 되고 더 행복해집니다.

사랑이나 섹스에 대해서도 같은 방식이 적용됩니다.
남편과 잘 살아보고 싶은 여자, 재혼해서 행복하게 살고 싶은 여자들이 잘해보려고 하는데 잘하는 것보다 더 중요한 것은 즐기는 것입니다.

2. 섹스를 즐기려면, 일단 생각을 바꿔야 합니다.

섹스를 더럽고 부끄럽고 수치스럽다는 생각은 버려야 합니다.
섹스는 나를 위해서 하는 것이고, 나의 필요 때문에 하는 것이지 상대방을 위해서 하는 것이 아닙니다.

섹스는 남자를 사랑하는 방법이기에 섹스를 해 주어야 남자에게 사랑받기 때문에, 섹스가 좋아야 남자와 결혼할 수 있기 때문에, 남녀의 행복에 섹스가 필요하기 때문에 섹스를 도구로 사용하는 것입니다. 하지만 절대로 섹스를 무기로 사용하면 안 됩니다. 섹스를 무기로 사용하

면 결국 파트너를 다치게 하고, 결론적으로 그로 인해서
나도 상처를 받습니다.

3. 질건조증을 해결하세요.

첫날밤이 그렇게 악몽과 같이 지나갔지만, 그것이 계속
되면 사랑을 이루기 어렵습니다. 어떻게든 질건조증과 성
교통을 해결해서 마중물로서의 섹스를 활용해서 사랑을
완성하세요. 사랑하는 방법에는 여러 가지가 있지만, 특
히 나와 내가 사랑하는 사람을 살리는 도구로 섹스를 활
용하는 것이 가장 효과가 좋습니다.

남자와 여자의 '사랑해' 해석법

　남녀가 만나고, 사귀고 결혼하면서 많은 갈등을 겪는다. 특히 성희롱이나 성폭행으로 고발당하는 남자들도 그렇고 남녀 사이에 분쟁의 원인이 되는 것도 여러 가지 이유가 있어서이다.

　남녀는 언어의 사용에서 차이점이 많다. 그중에서 가장 큰 차이점이 '사랑한다!'는 말의 뜻이다.

　어느 날 남자가 여자에게 사랑한다고 말을 하면서 성관계를 하자고 요청했는데 그다음 날 전혀 다른 태도를 보이는 경우가 있다. 그럴 때 여자는 남자가 자기에게 거짓말을 했거나, 혹은 그날 밤 자기 위해서 사기를 쳤거나, 성희롱적인 행동을 했다고 생각한다. 그런데 그 남자가 그 일 이후로 계속 쌩~ 까면 '이 남자 뭐지?'라는 생각을 하게 된다.

　분명히 그 남자가 그녀에게 사랑한다는 말을 했는데, 다음 날 마치 아무 일도 없었다는 듯이 행동을 하면, 그녀는 헷갈린다. 그러다가 술을 마시거나, 단둘이 있을 때 그 남자가 또 사랑한다는 말을 하면서 그녀에게 자자고 하면 그녀는 이런 생각을 한다.

　'이 남자가 나를 사랑한다는 말이, 섹스하기 위해서 하는 말이고, 다른 여자에게도 이런 말을 하고 다니는 것 아니야?' 혹은 '이 남자 상습범 아니야? 성희롱으로 고발해야하는 것 아니야?' 이런 생각을 하게 된다.

　그런데 그 남자는 그녀에게 사랑한다는 말을 했다. 이렇게 "사랑해, (오늘밤) I love you tonight." 그런데 여자는 이렇게 듣는다. "사랑해, (영원히) I love you forever." 즉 남자는 그날 밤, 그녀를 사랑한 것이고, 여자는 영원히, 사랑한다고 듣는 것이다.

　그 남자는 그날 밤 그녀를 사랑한다고 얘기를 했고, 그녀에게 데이트 신청을 했고, 그리고 그녀가 예뻐서 성관계도 하자고 한 것이다.

그런데 그녀는 그날 밤 그가 고백할 때 영원히 그녀를 사랑한다는 말로 들었기 때문에, 그가 그다음 날 태도를 바꿨을 때 도대체 이해가 안 가는 것이고, 그리고 그녀가 그에게 사기를 당했다고 생각을 해서, 그와의 달콤한 밤의 기억은 잊어버리고, 그가 자신을 이용했다고 생각하는 것이다. 그래서 그녀는 그 남자를 고발할 생각을 하게 되는 것이다. 왜냐하면 그 남자의 그날 밤 일이 모두 거짓으로 느껴지기 때문이다. 하지만 그 남자의 그날 밤 감정은 진심이었을 것이다.

이런 문제는 흔하게 일어난다. 남자의 '사랑해, 오늘 밤'이 매일, 계속 모여서 평생이 되는 것이다. 하지만 여자는 한 번의 고백으로 평생 사랑해야 한다는 생각을 하는 것이다. 서로 다른 생각을 하면서 살아가는 것이다.

이런 남녀의 '사랑한다!'는 말의 다른 해석을 알게 된다면, 남녀 사이에 오해가 없어지게 되고 서로를 이해하게 될 것이다.

"I love you tonight."

"I love you forever."
라고 말하는 남녀가 서로 만나서 오해를 하게 되고, 오해를 풀면서 살아가는 것이, 남녀의 사랑이다.

그래서 여자들은 남자에게 꼭 물어봐야 한다. 사랑한다는 말이 오늘밤만인지 평생인지, 그녀와 즐겁게 데이트를 하려는 것인지 아니면 결혼하려는 것인지 직접 물어봐야 한다. 그렇게 직접 물어보지 않는다면 그녀 혼자 북 치고 장구 치고, 도랑 치고 가재 잡고, 오해하고 고발하고, 만리장성을 쌓았다가 허물게 된다.

그런데 대부분의 남자들은 예쁜 여자, 새로운 여자가 나타나면 자주 설레고, 그녀가 그에게 친절하게 대하면 사랑에 빠진다. 즉 남자들은 여자보다 훨씬 감정이 빨리 변한다. 하지만 모든 남자가 그렇다는 것은 아니다.

여자와 남자가 얘기할 때 서로 다른 의미로 얘기하는 경우도 종종 있다. 그러니 대충 알아서 생각하지 말고, 궁금하면 꼭 물어보자.

사랑의 기술, 시 편

2003년부터 현재 2021년까지 남녀의 성과 사랑의 기술에 대해서 공부했다. 성과 사랑, 섹스에 대해서 공부하면서, 남녀에 대해서 서서히 이해하게 되었다.

내가 남편과 부부싸움을 한 이유도, 남편을 미워했던 이유도 알게 되었다. 드라마나 영화에 나오는 남녀의 이야기, 심리도 이해하게 되었다.

남편의 해부학, 생리학, 심리학, 뇌, 언어, 대화를 공부하면서 내린 결론은 남녀가 서로 다름을 인정하고 서로 배려하면 행복해질 수 있다는 것이다.

달라서 즐겁고 같아서 기쁜 남녀!
화성에서 온 남자, 금성에서 온 여자!
사랑한다는 말이 서로 다른 의미라는 것을 이해하면 그

때부터는 서로의 사랑을 이해하게 되고, 배려하게 된다.

남녀가 생각하는 사랑의 의미를 소통하게 만드는 것이 그동안 산부인과 의사인 나의 역할이다. 내가 이해하고 공부한 것을 나에게 상담한 여성들에게, 그리고 유튜브 산부인과TV를 시청하는 사람들에게 알려주는 것이 나의 소명이라고 생각한다.

내가 산부인과 의사로서 생을 마감하는 날까지 나의 소명을 다할 생각이다. 우리나라 성문화를 위해서 기여하는 것, 우리나라의 남녀 성관계를 한 단계 업그레이드 시키는 것이 나의 소명이다.

직접적으로는 산부인과에 찾아오는 환자를 잘 진료하고 수술이나 시술을 하고 간접적으로는 글을 쓰고, 방송을 만들고, 문화를 바꾸는 것이다.
그것이 내가 생각하는 좋은 의사가 되는 것이다.

소의는 병을 치료하고
중의는 사람을 치료하고
대의는 사회를 치료한다.

즉 산부인과 의사로서 소의는 질염이나 갱년기, 질 건
조증, 성교통을 치료하고, 중의는 남녀 관계나 가정을 치
료하고 대의는 사회를 치료하고 문화를 만드는 것이다.

이 역할을 하는 것이 쉬운 일은 아니지만, 노력하면 못
할 일도 아닌 것 같다.

이 책도 이런 소명의 하나이다.

사람을 살리고, 사랑을 하는 도구로 섹스를 사용하기
를 바란다.

그리고 그 도구를 잘 활용해서 남녀 간의 사랑을 잘하
시기 바란다.

섹스는 토크 + 플레이 + 러브이다.

Enjoy it.

약자가 된 남성

절실하면 행동하게 된다는 말이 있다. 현대 남성들에게는 여성의 사랑이 특히 절실하다. 그러나 남성들은 어떻게 행동해야 여성의 사랑을 받을 수 있는지 의외로 잘 모르고 있다. 과거에는 '여성과 물물교환 할 수 있는 남성의 재력財力'이 잘 통했는데, 이제 이 방법만으로는 여성의 사랑을 받기 힘들어졌다. 21세기 남성들에게 닥친 현실은, 재력은 기본에 속하고 섹스테크닉과 매너를 겸비한 화려한 수컷이 되어야 할 상황에 처해졌다.

본질적인 물음이 있다. 여자는 왜 섹스를 할까? 그리고 여자는 왜 결혼을 할까? 적령기 남녀라면 당연히 겪어야 할 통과의례인 결혼과 섹스, 인류 공통의 관습인 가정을 꾸리는 일이 심각한 도전에 직면해 있다. 더욱이 최근 들어와서 '왜 남녀는 결혼을 하지 않을까?', '요즘 여자는 왜 아이 낳기를 기피할까?' 하는 점이 사회적 문제로 부각되

고 있다. 그 여파는 적령기를 놓친 채 사회구성원으로 진
입하는 인구가 증가하고, 결혼은 했어도 애 낳기를 기피
하는 여성의 저출산 풍조가 위험수준으로 치솟고 있다.

　여성의 사회참여도가 높아졌다. 참정권이 없거나 제한
되고, 사회진출이 어렵던 시절, 여자는 남자의 소유물이
거나 남자의 사유재산 정도였다. 왕이나 귀족, 재산이 많
은 남자는 여러 명의 여자를 거느릴 수 있었다. 여자들을
먹여 살릴 능력이 있다는 점이었다. 반면에 경제력이 없는
남자는 여자를 구할 수 없거나 힘든 때가 있었다.

　결혼을 결정하는 조건이 남자는 경제력을, 여자는 성을
서로 '물물교환'하는 대가였다는 것이다. 여자는 결혼을
결심할 때 남자가 가족을 부양할 수 있는 경제력이 있는
지였고, 남자는 자신의 아이를 낳아서 가족을 늘리는 가

임생산력이 여자에게 있는지였다. 따라서 서로에게 필요한 것을 제공하지 못하는 남자와 여자는 결혼의 형태로 만나기 어려웠다. 이렇게 서로에게 필요한 조건을 만족시키면서 물물교환을 하는 것이 결혼이었다.

지구의 역사에서 100년 전까지만 해도, 여자는 아이를 낳고 집안에서 식사와 청소와 성적 접대까지 하는 하녀와 같은 역할을 하고 살았다. 남자가 그녀를 내치면 그나마 그 자리마저도 더 젊고 건강한 여자에게 내주고 뒤로 물러나야 하는 처지였다. 여자의 재산을 인정하지 않던 시대에 여자는, 남자가 원하는 것을 다 해 주어야 겨우 먹고 살았다. 즉 여자는 남자에게 종속된 소유물 정도였다. 여자에게 남자와 동등한 교육이나 사회참여, 참정권이 가능해진 것은 100년 전 이후였다.

1950년대에 피임약이 개발되었다. 이제 여자가 원하는 시기에 임신과 출산을 스스로 결정할 수 있게 되었고 육아로부터도 자유스러워졌다. 결혼을 하고, 임신을 하는 것도 남자가 아니라 여자가 결정하는 시대가 왔다. 더욱이 여자에게도 남자만큼의 경제력이 생겼다. 즉 성인이 된 여자는 남자 없이도 자신의 의식주를 해결할 수 있게 됐다. 그래서 남녀 간 결혼의 조건 즉 물물교환이, '남자의 경제력과 여자의 성'에서 남자의 경제력은 이제 여자에게 절대 필요한 조건에서 제외됐다. 하지만 남자는 여전히 여자의 '성'이 필요한 상태이다. 특히 고분고분하고 자신을 존경하며 자신의 이야기를 경청하고 자신의 아이를 낳아 줄 여자가 필요하다.

그런데 여자는 이제 그런 역할을 하지 않아도 살아가는 데 전혀 지장이 없게 된 것이다. 미래의 인간세상에서 이 문제를 어떻게 해결해야 할까? 모든 나라와 사회와 남자가 2세를 위해서, 혹은 성적 파트너를 위해서든, 가정을 만들기 위해서든 해결해나가야 할 심각한 문제이다.

진화생물학적으로 남자가 여자와 결혼을 하기 위해서는 여자보다 훨씬 우월한 경제력을 가져야 한다. 여자가 돈벌이를 하지 않아도 될 만큼, 여자가 육아에만 신경을 써도 될 정도의 경제력을 가져야 한다. 그렇다고, 그렇지 못한 남자들은 이제 결혼이나 섹스를 포기해야 하는가? 인류 역사를 통해서 여자와 남자의 뇌 속에 기억되고 있는 본능은 그대로인데, 갑자기 최근 100년 동안 여자는 피임약을 통해서 임신에서 해방되어 버렸고, 교육을 통해서 경제력을 가지게 되자 '인형의 집의 로라'처럼 여자들은 가정을 박차고 나와 버렸다. 남자들이 여자의 눈과 귀를 아무리 막으려고 해도 이제 여자는 자신들이 남자보다 똑똑하고 경제적으로 유능하다는 사실을 알아채 버렸다.

21세기의 남자는 영원한 가정을 지켜줄, 여자를 유지하기 위한 자신만의 무기가 없어졌다. 남자는 여자를 경제력으로 유혹을 하고, 평생 먹여주고 보호해 주겠다는 약속으로 결혼 약속을 받아냈는데, 이제 여자가 경제적인 능력을 갖추자 남자가 여자에게 특별하게 줄 것이 없어졌다. 남자가 줄 것이 빈약하니 당연히 여자도 남자에게 무언가를 주려고 하지 않게 됐다.

최근에는 남자조차 여자와 맞벌이하기를 원한다. 그런데 남자의 뇌는 여전히 가사와 육아를 여자가 전담해 주기를 원한다. 이것은 그동안 인류역사에서 남녀의 뇌에 박혀있는 물물교환 정신구조에 배치되는 상황이 전개되고 있음을 깨달아야 한다. 이혼을 요구하는 여자가 많아진 것도 생산을 위한 섹스를 거부하는 여자가 늘어나는 것도 남녀 간의 룰이 깨졌기 때문이다.

경제력이 생긴 여자와 결혼하기 위해서 남자는 어떻게 해야 할까? 무엇을 교환조건으로 내놓아야 할까? 여자의 경제력에 남자의 무엇이 물물교환의 상품이 될 수 있을까? 이것은 21세기의 남자들이 고민하고 지혜를 발휘해서 풀어야 할 숙제이다.

섹스파트너를 만들지 못한 남자들이 요즘 늘고 있다. 그 결과 분노조절 장애의 원인이 되고 그로 인해 말도 안 되는 일 갖고 폭력, 살인사건이 일어나고 인터넷에 올린 짧은 글로 사람을 죽이기도 하며 폭력적인 댓글부대까지 드러나고 있다. 최근 30대 남자의 '묻지마 살인'의 경우도 이와 무관하지 않다. 성적 욕구불만이 얼마나 파괴적 성향을 드러내는지, 그 이유가 될 수 있음을 알아야 한다.

남자들의 성적 갈등을 해소하기 위해 그 대책을 적극 생각해 보아야 한다. 성적으로 능동적이지 않은 여자는 그런대로 잘 살 수 있지만, 성적 갈등을 능동적으로 풀고자 하는 남자의 경우에는 어떻게 해야 잘 살 수 있는지, 구체적으로 심각하게 생각해 보아야 한다. 여자가 무엇을 원하는지 남자가 적극적으로 찾아내야 할 때가 왔다. 그래야 여자를, 인생의 동반자를 평생 유지하고 살 수 있다.

　이제는 남자의 경제력이 유일한 답이 아님을 알게 됐다. 여자가 존중받고 있다고 생각되는 말이나 행동, 사랑 등의 표현을 할 줄 아는 남자가 여자를 유혹하는 데 유리해졌다.

　남자들이여! 동물 세계의 수컷처럼, 화려하게 여자를 유혹하고 그녀를 위한 섹스테크닉, 매너 등을 배워야 하는 시대가 됐다는 것을 빨리 깨달아야 한다. 자신의 여자를 위해서라면, 하나뿐이 없는 목숨도 기꺼이 내놓겠다는 그런 사랑이 있다면, 여자도 그를 위해서 섹스도 제공하고 아이도 낳아줄 것이다.

즐거운 성性 생활

– 식욕과 성욕

인간은 먹지 않으면 살 수가 없다. 그런데 성욕은 식욕에 비하여 어떤가. 성욕을 해결 못 해서 인간이 죽지는 않지만, 스트레스를 많이 받는 현대 사회에서 성 관련 문제로 고민하는 현대인이 늘어나고 있다. 이를 '섹스리스' 커플이라고 하는데, 이들 중 대부분은 '성욕감퇴'로 고민하고 있다.

성적인 욕망이 없다는 것은 어쩌면 식욕이 없다는 것과 같다. 입맛이 없어서 음식을 먹지 않는다면 결국 그 사람은 죽을 것이다. 그렇다면 성관계를 끊으면 어떻게 될까.

인간에게는 호르몬이라는 매우 중요한 물질이 있다. 호르몬은 우리 몸에서 신체의 '항상성'을 유지해 주는데, 과식으로 혈당이 높아지면 인슐린이라는 호르몬이 분비돼 혈당을 낮춰준다. 그래도 너무 많이 먹는다 싶으면, 렙틴이 분비돼 '그만 먹으라'고 뇌에 명령을 내린다. 또 임신

준비 기간에는 테스토스테론이 분비돼 성욕을 증가시키고, 밤이 되면 멜라토닌이 분비돼 잠을 자도록 한다. 여성이 아이를 출산하면 프로락틴이 분비돼 수유를 가능하게 만든다.

몸이 위기에 처했을 때 부신에서 스트레스 호르몬의 일종인 코르티솔이 분비된다. 이를 '위기 호르몬', '스트레스 호르몬'이라 부르는데, 코르티솔은 혈당을 올리고 그 혈당은 근육의 에너지원이 된다. 맥박은 빨라지고 혈압은 올라가며 눈동자도 커지고 땀도 난다. 위험이 닥쳤을 때 자신의 몸을 보호하고자 몸이 알아서 준비태세를 갖추는 것이다. 이와 같은 현상을 프레그네놀론 스틸Pregnenolone sterl이라고 한다.

스트레스가 코르티솔의 농도를 높여놓으면, 남성 호르몬이나 여성 호르몬 수치가 줄어드는데, 결과적으로 성욕이 줄어들고 배란도 잘되지 않게 된다. 몸을 보호하기 위해 어쩔 수 없이 생식기능을 저하시킨다. 이때 갑상샘 호르몬에도 변화가 오는데, 에너지를 만들기 위해 대사 기능이 빨라져 갑상샘 호르몬 분비가 왕성해진다. 즉 우리 몸에 스트레스가 오면 가장 먼저 코르티솔이 분비

되고 그다음으로 갑상샘 호르몬이, 그리고 마지막으로 에스트로겐, 테스토스테론 등의 성호르몬이 분비된다. 따라서 성욕이 떨어졌다면, 스트레스로 인해 몸이 위협(?)을 받는 상태이거나 성욕까지 신경 쓸 겨를이 없을 정도일 수도 있다. 이는 우선 생존한 다음 생식임을 인체가 드러내 보이는 것이다. 따라서 배우자가 성욕감퇴 증상을 보이면, '나에 대한 사랑이 식었다'고 원망하기에 앞서 아내 혹은 남편에게 어떤 큰 고민거리가 생긴 것은 아닌지 살펴볼 필요가 있다. 상대를 비난하거나 스스로 자책할 것이 아니라, 성욕을 감퇴시키는 원인이 무엇인지부터 찾아야 한다.

파레토 법칙Pareto principle이 있다. 20%가 변화하면 80%가 바뀐다고 하여 '20대 80 법칙'으로도 불린다. 우리 몸도 그렇다. 호르몬(20%)만 교정해도 80%의 변화를 경험할 수 있는데, 이는 인간에게는 자가 치유능력이 있음을 방증하는 것이기도 하다. 만성피로나 비만, 불임, 생리불순, 성욕장애, 생리전증후군, 우울증, 두통 등의 증상을 겪고 있다면 호르몬 교정을 통해 증상을 개선 혹은 완화할 수 있다.

　동시에 여러 호르몬에 이상이 생기면 호르몬의 중요도에 따라 치료가 이루어진다. 성과 관련된 문제가 생기면, 부신 기능의 회복을 위해 위기 호르몬인 코르티솔을 제일 먼저 보충해줘야 한다. 그다음으로 갑상샘 호르몬, 마지막으로 여성 호르몬 또는 남성 호르몬을 보충한다. 이같이 생식이나 배란보다 대사 위기에 대한 방어가 우선임을 알아야 한다.

잘 먹고, 잘 자고, 잘 배출하는 것이 기본

성욕에 문제가 있다고 느껴진다면 일단 호르몬 검사를 해 보는 게 좋다. 먼저 내 몸의 호르몬이 적정하게 분비되고 있는지를 알아봐야 한다. 이때 3대 호르몬 즉 코르티솔, 갑상샘 호르몬, 성호르몬 검사를 받는 것이 중요하다. 치료 시 3대 호르몬에 대한 통합 정보가 반드시 필요하기 때문이다.

성욕 감퇴는 주로 코르티솔 밸런스가 깨졌을 때 일어난다. 코르티솔 수치가 높거나(초기 스트레스), 낮거나(만성 스트레스)다. 더불어 갑상샘 기능이 떨어지고 프로게스테론, 에스트로겐 수치가 낮으며 안드로겐은 높을 때가 많다. 따라서 호르몬 치료는 호르몬의 밸런스를 맞추는 것으로 시작된다.

그런데 이것보다 더 중요한 게 있다. 인간의 기본적 욕구에 충실히 따르는 생활태도다. 잘 먹고, 잘 자고, 잘 배출하는 것이 기본이다. 낮에는 햇볕을 쬐면서 산책을 즐기고(세로토닌 분비), 밤에는 10시 이전에 마음을 차분히 가다듬고 잠을 청한다(멜라토닌, 성장호르몬 분비). 식사는 인스턴트식품 대신 신토불이 채소와 육류, 어류를 골고루 섭취하고, 숨 쉴 때도 산소가 폐의 바닥까지 잘 전달되도록 깊게 숨을 들이마신다. 운동도 일주일에 두세 번 정도 땀이 나고 숨이 찰 정도로 격렬하게 운동하고, 걸을 때는 아스팔트보다 흙길을 걷는 게 좋다. 그리고 즐거운 마음으로 사람들과 소통하고 대화를 나누는 것 또한 정신 건강에 이롭다.

이미 신은 인간에게 우리 몸을 치유할 수 있는 능력을 주었다. 다만 우리가 그걸 알아채지 못할 뿐이다.

4

기쁨, 축하, 응원

시인의 이름을 받았을 때

의대 졸업하고 30년이 되었습니다.

산부인과 의사로 26년째 진료를 보고 있습니다.

여러 가지 사연으로 산부인과를 찾는 여성의 이야기 속에서 그녀의 남편이나 연인과 그녀의 삶과 희로애락을 같이 보게 됩니다.

어떻게 하면 그녀를 행복하게 만들어 줄 수 있을까?

어떻게 하면 그녀가 행복하고 더불어 그녀의 파트너도 같이 행복해질 수 있을까를 고민하면서 성의학을 접하게 되었고, 지금은 여성성의학에서 공부하고 연구하고 발표하고 있으며, 유튜브 '고수들의 성아카데미', 산부인과TV에서 유튜버로 활동하고 있습니다.

여성이 행복하면 그녀의 남자가 행복해지고, 더불어 그녀의 가정이 행복해지는 것을 보면서 나름 보람을 느끼고 있습니다.

이런 고민들이 칼럼이나 시를 통해서 누군가에게 전달
이 되고 도움이 되기를 바라면서 시詩를 통한 '박혜성 원
장의 사랑법 강의'를 생각하게 되었습니다.

문학을 하시는 여러 선생님들에게는 죄송하고 부끄러
운 수준이지만 이 또한 진료의 하나라고 생각을 하고 있
습니다.
여기까지 이끌어 주셨던 분과 가르침을 주셨던 모든 분
들에게 부끄럽지 않은 시인이 되고 의사가 되려 합니다.
저에게 주어진 역할에 더 성실히 노력하겠습니다. 고맙
습니다.

박혜성

시화詩花로 꽃피울 수 있기를 기대

　박혜성 시인은 《한강문학》으로 등단한 산부인과 전문의 시인이다. 시인의 등단 작품을 평한 심사위원으로서 기억되는 그의 작품은 다른 일반인들의 작품과는 좀 다른 산부인과 전문의사로서 환자를 치료하고 상담하며 소통했던 갖가지의 이야기들을 아주 솔직하고 주저 없이 표현한 글들이다.

　모두 강한 울림을 주고 있지만, 특히 '이쁜이 시술'과 같은 작품은 단순하게 수술한 그 자체의 기술적인 표현만이 아니라 단군신화에 등장하는 '마늘과 쑥'을 먹고 여성(사람)이 되는 인고의 과정을 패미니즘의 관점에서 시어詩語로 형상화했다는 점을 높이 샀다.
　이 시에서 박혜성 시인은 단언한다.
　"여자를 가꾸는 데 이 이상은 없다"고.

박혜성 의학박사는 현재 동두천에 있는 '해성산부인과' 원장이다. 산부인과 전문의로서 인터넷 언론으로 각광받는 유튜브에서 〈고수들의 성아카데미〉, TV 블로거로, 여성성의학 분야를 이끄는 개척자이며 전공분야에서 내공이 깊은 고수(?)로 인정받고 있다.

저작물로 『사랑의 기술』이 있고 월간지 ≪신동아≫에 칼럼을 연재하는 등 활발한 활동을 하는 현역이기에 시인으로 활동할 수 있는 그 역량은 이미 검증되었다고 보았다. 따라서 성의학 전문의가 시詩로 '사랑법 강의'를 쉽고 재미있게 펼쳐나간다면 독자들의 사랑을 받을 듯하다. 여성은 아름다워야 하고 행복해야 한다.

일반인이 말하기 어려운 분야를 말과 글로 시화詩花로 꽃피울 수 있기를 기대한다.

이 수 화 시인(한강문학 ·국제PEN한국본부 고문)

시집 『러브레터』 상재를 축하드립니다

저자 박혜성 박사는 90년대 중반 개원한, 아이 잘 받는 산부인과 전문의였습니다. 전공영역인 성 클리닉 경험과 상담을 기반으로 이 땅에 성문화 담론에 한 획을 그었습니다. 사랑을 매개로 만나는 남녀이지만 그 완성은 사랑입니다.

임상 경험과 이야기를 수록한 『사랑의 기술』 1, 2, 3의 저서를 내고 『오르가즘의 과학』, 『인간의 성』 등 전문서적을 공동으로 번역하였습니다. 또 시대변화에 맞추어 '닥터성의학' '박혜성TV' '산부인과TV' 등 유튜브 활동으로도 명성이 높습니다.

박혜성 원장의 글과 유튜브 콘텐츠의 인기가 높은 비결은 무엇일까요? 해부학적 지식과 사람의 마음이 어떻게 작동하는지를 보여주는 인문학적 접목에서 오는 통합적 사고에 기반하기 때문일 것입니다.

사랑과 성에 대한 담론을 펼쳐가던 생기발랄한 의사인 저자도 가장 무서운 게 치매라 말합니다. 저자의 말처럼 '준비되었을 때 오는 병이 아니'기 때문입니다. '엄마는 내 과거이고 자식은 내 미래'라 말하는 시인은 요양원을 개원하여 어머니와 치매 앓으시는 어르신들을 모시고 있습니다.

제1부는 어머니의 치매를 지켜보는 안타까움, 제2부는 사랑의 완성을 위한 임상 이야기를 다루고 있습니다. 수록된 시 한 편 한 편이 우리 자신의 속을 들여다보듯 투명합니다.

독자분들은 자신도 모르는 사이에 성과 사랑, 행복을 만들어가는 대열에 동참하여 아름다움에 대한 새싹 하나쯤은 가슴에 품게 될 것입니다.

박혜성 시집 『러브레터』 만세!

장호병 (사)한국수필가협회 명예이사장)

105

따뜻하고 솔직한 사랑의 편지!

벌써 25년이 지났으니 참 오래되었네요. 박혜성 원장은 제가 만들었던 잡지에 인기 있는 필진이었습니다.

우리 시대를 이끌어가는 명사들의 말씀이나 또 누구에게나 읽을 만한 갖가지의 글을 게재함으로 더 나은 삶으로 이끌어 가려는 편집자의 맘으로 필진을 찾고 있을 때 다른 잡지에 실린 박혜성 원장의 글을 읽었습니다.

한마디로 놀라운 발견이었습니다. 부부의 성생활에 관한 이야기를 흥미롭게 전개하면서 일반인들은 함부로 할 수도 없고 하기 어려운 말을 그는 꾸밈없고 거침없이 재미있고 부끄럽지 않게 전달하는 지식은 놀랍고 재미있어 나는 박 원장의 독자가 됨과 동시에 제가 만들고 있던 잡지에 필진으로 초대하여 여러 해 동안 글을 연재하였습니다.

박 원장은 또 제 시의 가까운 독자가 되어주셨지요. 어느 날 치매에 걸린 어머니에 대한 시 작품 등 50여 편을 제게 보내주셨습니다. 꾸밈없는 글은 주변 사람들이 읽으면서 고개를 끄덕이며 공감하였으리라 믿습니다. 처음부터 완벽한 글을 쓴 작가는 드물고 찾기가 어렵습니다.

제 맘으로 몇 군데 트집 잡기를 하고 싶었지만 애써 보내온 글을 함부로 손을 볼 수도 없는 일이었지만 차라리 그의 거침 없는 말처럼 꾸미지 않은 편지글 그대로 전달하는 것이 더 솔직하고 소통이 되리라 믿어 그냥 축하의 말씀을 남기려 합니다.

이 시집을 치매를 앓고 있는 어머니에게 바친다고 합니다. 비록 빛나는 시인은 아니더라도 아픈 환자의 마음까지도 치유하는 훌륭한 의사, 좋은 의사 시인이 되시길 바라며 기쁜 맘으로 독자와 함께 응원하고 축하합니다. 그리고 박혜성 원장의 인물시 1편으로 시인을 소개합니다.

박 혜 성

산부인과 전문의사이며 시인이다
아름다운 성 클리닉 방송인으로 더 유명하다

그의 전공은 이쁜이 수술이지만
그보다 아름다운 사랑 만들기다

사랑하고 사랑받는 방법을 강의한다
내숭 떨지 않고 당당하고 재미있게 이야기한다.

사랑할 줄 모르는 바보 부부와
사랑받을 줄 모르는 안타까운 부부에게
묘약을 처방해주는 성의학 전문의사다.

이미 때를 놓친 사람에게도
즐겁고 아름다운 인생을 배우게 해준다.

허홍구 시인

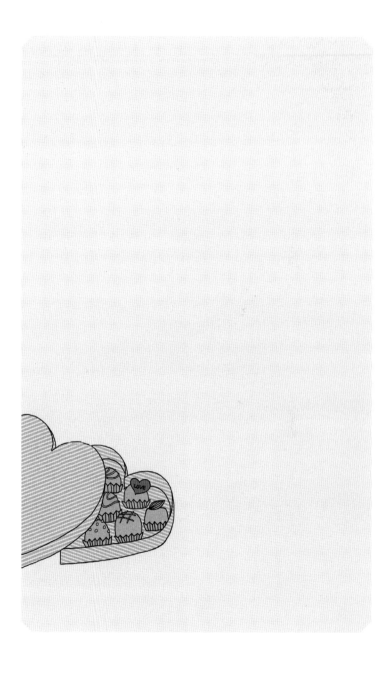

🏠 경기도 동두천시 정장로 34

➕해성 **산부인과**

KakaoTalk **Plus친구** 플러스친구에서 **해성산부인과로** 상담하세요

홈페이지 : http://www.hsclinic.net/

해성산부인과 의원

☎ 031 860 6000

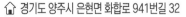

🏠 경기도 양주시 은현면 화합로 941번길 32

선암요양원
Seonam Senior Care Center

KakaoTalk Plus친구 플러스친구에서 **선암요양원**으로 상담하세요

홈페이지 : http://선암.com

양주 선암요양원

☎ **031 861 0222** 📱 **010 9922 8942**

넓고 깨끗한 휴게공간

사랑과 정성이 가득한 식사실

안전하고 넓은 산책로

가족들과 함께할 수 있는 게스트 하우스
코로나 종식 이후 이용 가능

산책 중 편히 쉴 수 있는 벤치

소풍 온 듯 도시락 먹을 수 있는 정자